Werner Werther

Der Uebertritt des Pfalzgrafen Wolfgang Wilhelm von Pfalz-Neuburg zum Katholizismus und der Julich-Cleve'sche Erbfolgestreit 1609-1614

Antigonos

Werner Werther

Der Uebertritt des Pfalzgrafen Wolfgang Wilhelm von Pfalz-Neuburg zum Katholizismus und der Julich-Cleve'sche Erbfolgestreit 1609-1614

Unveränderter Nachdruck der Originalausgabe von 1874.

1. Auflage 2024 | ISBN: 978-3-38643-318-1

Antigonos Verlag ist ein Imprint der Outlook Verlagsgesellschaft mbH.

Verlag: Outlook Verlag GmbH, Zeilweg 44, 60439 Frankfurt, Deutschland, info@outlook-verlag.de
Vertretungsberechtigt: E. Roepke, Zeilweg 44, 60439 Frankfurt, Deutschland
Druck: Libri Plureos GmbH, Friedensallee 273, 22763 Hamburg, Deutschland

Der Uebertritt

des Pfalzgrafen

Wolfgang Wilhelm von Pfalz-Neuburg

zum Katholizismus

und

der Jülich-Cleve'sche Erbfolgestreit.

1609—1614.

———~~~~~~~~———

INAUGURAL-DISSERTATION

der philosophischen Facultät der Universität Jena

zur

Erlangung der Doctorwürde

vorgelegt

von

Werner Werther,

Lehrer am Progymnasium zu Neuhaldensleben.

———⚬⚬⚬———

Neuhaldensleben 1874.

Druck: C. A. Eyraud.

Seinem theuren Schwiegervater

Herrn

Adolf Funke,

Pastor zu Hetzdorf, Schlepkow u. Wolfshagen

in der Uckermark

widmet diese Blätter

der Verfasser.

Druckfehler.

Seite 10 Zeile 25 statt Nachkommen   lies Nachkomme.
  „   11   „   23   „   seiner   „   seine.
  „   17   „   7   „   menschengefährdeten   „   menschengefährdender.
  „   19   „   26   „   Nachommenschaft   „   Nachkommenschaft.
  „   34   „   24   „   wiedersetzen   „   widersetzen.

Wenn man eine Geschichte der deutschen, evangelischen
Kirche aufschlägt, so begegnet man beim Studium derselben
bald hier bald da Persönlichkeiten, welche den evangelischen
Glauben aufgaben, um in den Schooss der angeblich allein selig
machenden katholischen Kirche zurückzukehren. Solcher Convertiten giebt es in den drei Jahrhunderten, seit Luther die
Reformation begann, eine ganze Menge, so dass man billig fragen muss, welches wohl die Ursache dieser Uebertritte gewesen
sein möchte.

Dr. Andreas Räss, Bischof von Strassburg im Elsass, hat
jetzt die katholische Kirchengeschichte mit unendlichem, echt
deutschem Fleisse durch ein Werk bereichert, in welchem er
in elf ziemlich umfangreichen Bänden die Bekehrungsgeschichte
von ungefähr dreihundert solcher Convertiten erzählt. Mit be-
sonderer Vorliebe verweilt der Herr Bischof bei der Erzählung
der so zahlreichen Conversionen deutscher Fürsten. Aber sehen
wir uns fast ein jedes Lebensbild, welches uns aus den Schrif-
ten und Lebensumständen des Convertiten gezeichnet wird, ein
wenig näher an, so können wir uns nicht der Erkenntniss ver-
schliessen, dass die meisten Convertiten schon vor ihrem Uebertritte entweder mit aller Religion gänzlich zerfallen waren, oder
dass es rein äusserliche Veranlassungen, ja Vortheile gewesen
sind, welche sie zum Abschwören des alten Glaubens und zur
Unterwerfung unter das Tridentinum bewogen.

Solche äusserlichen Umstände veranlassten zumeist die
zahlreichen Uebertritte der Fürsten und anderer Grossen. Wem
fällt hierbei nicht ein August der Starke, Kurfürst von Sachsen
(1694—1733), der lediglich geblendet von dem Glanze einer

Königskrone, also aus reinem Ehrgeize das reine Evangelium abschwor und, um den durch den Tod Johann Sobieski's erledigten polnischen Thron zu erlangen, aufhörte das Haupt der deutschen evangelischen Kirche zu sein und sich dem Katholicismus ergab?

Wenn es nun auch keine Königskrone war, welche demjenigen, dessen Geschichte die nachfolgenden Blätter gewidmet sind, in der Ferne leuchtete, so war es doch etwas Aehnliches, nemlich eine Vergrösserung seiner Macht, wodurch er zum Katholicismus geführt wurde.

Wolfgang Wilhelm Pfalzgraf am Rhein aus der Seitenlinie Neuburg, Herzog von Baiern, Jülich, Cleve, Berg, Graf zu Veldentz, Spanheim, Mark, Ravensberg, Moers, Herr von Ravenstein u. s. w. war geboren am 29. October 1578. Sein Vater war der Pfalzgraf Philipp Ludwig zu Neuburg, der Stifter der Pfalz-Neuburgischen Seitenlinie, welche als solche von 1569 bis 1742 bestand. Er stammte aus dem Geschlechte der Wittelsbacher und zwar aus der sogenannten pfälzischen oder Kurlinie, welche im Gegensatz zu der herzoglich-bairischen Linie ihren eigenen Weg ging und zur Zeit der Reformation mit Entschiedenheit dem evangelischen Bekenntnisse beitrat, während die übrigen Wittelsbacher ebenso eifrig katholisch blieben.

Das Land, welches Philipp Ludwig von Neuburg bei der Theilung nach dem Tode des Pfalzgrafen Wolfgang von Zweibrücken im Jahre 1569 erhielt, war nur klein und er selbst war einer der ärmsten und kleinsten Fürsten der damaligen Zeit. Seine Gemahlin war die Herzogin Anna, die zweite Tochter des Herzogs Wilhelm von Jülich-Cleve-Berg (1539—1592). Aus dieser Ehe stammte nun Wolfgang Wilhelm und eben diese Abstammung mütterlicherseits von den Herzögen von Jülich-Cleve-Berg war die Ursache aller Streitigkeiten, in Folge deren Wolfgang Wilhelm zum Katholicismus übertrat.

Um nun nicht in der nachfolgenden Darstellung vielleicht Manches dunkel erscheinen zu lassen, möge es gestattet sein, des Längeren einzugehen auf die Geschichte der Herzogthümer Jülich-Cleve-Berg.

Die Herzogthümer Jülich-Cleve-Berg nebst Mark, Ravensberg und Ravenstein waren seit dem Jahre 1511, wo sie durch die Vermählung Johann III. von Cleve-Mark mit Maria von Jülich-Berg-Ravensberg zu einem Ganzen vereinigt wurden, ein so grosses Land, das sich den mächtigsten Territorien im Reiche gleichstellen konnte.

Um zu verstehen, wie diese zu Anfang des 17. Jahrhunderts vielumstrittenen Lande zu einem Ganzen geworden sind, ist es nöthig, ein wenig weit auszuholen.

Kaiser Karl der Grosse hatte die alten deutschen Herzogthümer mit ihren Volksherzogen an der Spitze, welche ihn zu sehr an die Selbstständigkeit der einzelnen Stämme erinnerten, aufgelöst und statt derselben sein gewaltiges Reich in Gaue eingetheilt, über welche von ihm gänzlich abhängige und daher jeder Zeit absetzbare Beamte gesetzt waren. Leider hielt diese Einrichtung des grossen Kaisers, durch welche er den Grund zur Einheit seines Reiches legte, nicht lange Stand. Wie eigentlich schon mit seinem Tode sein Reich, in welchem sich drei Nationen entwickelten, anfing zu zerfallen, so wurde auch an den Eintheilungen in Gaue gerüttelt. Als nun im Jahre 899 der letzte grosse Karolinger Arnulf von Kaernthen von Leiden und Krankheit geplagt, ins Grab sank, da drohte Deutschland, wie das Karolingerreich nach Nationen auseinandergegangen war, nach den alten Stämmen zu zerfallen. An die Spitze dieser Stämme — Sachsen, Franken, Thüringer, Schwaben, Baiern und Lotharinger — hatten sich alte durch Besitz und Adel hervorragende Geschlechter gestellt, welche den alten Titel der Herzöge sofort wieder erneuerten.

Doch es würde uns jedenfalls zu weit abführen, wollten wir in dieser Weise den Faden der Geschichte weiter spinnen. Es sollte nur constatirt werden, dass schon zur Zeit der letzten Karolinger ein deutsches Herzogthum Lotharingen existirte.

Indem wir nun die Geschichte der andern Herzogthümer gänzlich fallen lassen, wollen wir uns auf die des Herzogthums Lotharingen beschränken, aber nur um aus derselben so viel, als wir gebrauchen, zu entnehmen.

Lotharingen, entstanden aus den nördlichen Trümmern jenes Kaiserreiches, welches im Vertrage zu Verdun (843) für Lothar, den ältesten Sohn des unglücklichen Ludwig des Frommen geschaffen war, wurde wie viele Stücke jenes Reiches seit dem Aussterben des Lotharschen Stammes (875) ein Zankapfel zwischen Deutschland und Frankreich. Das Land war der Bevölkerung und Sitte nach deutsch, aber seine Grossen waren berüchtigt durch ihren Wankelmuth und ihre Treulosigkeit. In den Wirren nach dem Tode des letzten Karolingers neigten sie bald zu Frankreich bald zu Deutschland, aber nur um von beiden Vortheile zu erlangen, die soweit gehen sollten, dass sie schliesslich Niemandem zu gehorchen hätten. Da gelang es dem König Heinrich I. den Herzog Giselbert durch Vermählung mit seiner Tochter Gerberga an sein Haus und an das deutsche Reich zu fesseln. So war Lotharingen seit dem Jahre 925 gänzlich deutsch. Wie Otto der Grosse mit den deutschen Herzogthümern schaltete und waltete, ist allgemein bekannt. Unter ihm wurde Lothringen zuerst in die beiden Herzogthümer Oberlothringen oder Herzogthum an der Mosel und Niederlothringen oder Herzogthum an der Maas getheilt (953). Nur noch einmal wurden beide nach dem Aussterben des Oberlothringischen Hauses dadurch vereinigt, dass Kaiser Konrad II. der Salier dem mächtigen Herzog Gozelo von Niederlothringen das gesammte Land gab, aber dieses Band löste Kaiser Heinrich III. gar bald wieder, indem er Gottfried den Bärtigen, den Sohn des Gozelo, absetzte und seine Lande Andern gab. In Oberlothringen setzte er einen Grafen Gerhard ein, den Stammvater der Herzöge von Lothringen, die in späterer Zeit mit den Habsburgern verbunden in dem Lothringisch-Habsburgischen Kaiserhause von Oestreich noch heute blühen.

Niederlothringen dagegen zerfiel gar bald in viele einzelne Theile. Kleine Fürsten und Grafen theilten sich in dasselbe und ihnen gelang es unter der Regierung der salischen Kaiser, besonders am Ende des elften Jahrhunderts unter der Regierung des schwachen Kaisers Heinrich IV. ihr Lehen erblich in ihren Familien zu machen. Zu diesen Grossen, welche schon am Ende des elften Jahrhunderts ihre Lehen erblich besassen, gehörten auch die Gerhardinger, die Verwalter des Jülichgaues, welche es bei dem Verfalle von Niederlothringen verstanden hatten, sich eine eigene Hausmacht zu gründen. Kaiser Ludwig der Baier machte den Grafen Wilhelm V. von Jülich zum Markgrafen, und schon Kaiser Karl IV. erhob ihn zum Herzoge von Jülich. Wie so viele deutsche Fürstenhäuser hatte auch dieses sich in Seitenlinien gespalten. Ein Sohn des oben erwähnten Herzog Wilhelm V. Namens Gerhard hatte durch Heirath die beiden Grafschaften Berg und Ravensberg erworben und seinem Hause hatte Kaiser Wenzel 1380 den Titel eines Herzogs von Berg verliehen.

Die alten Grafen von Berg aus dem Geschlechte der Herren von Teisterband waren schon unter Kaiser Heinrich V. zu Grafen von dem Berge erhoben worden. Die Trümmer ihres Residenzschlosses thronen noch heute auf einem Berge oberhalb des Städtchens Burg an der Wupper und ihr Erbbegräbniss ist nicht weit davon in dem noch heute prächtigen Kloster Altenberge im Thale der Dhünn. Schon im Jahre 1348 sank das herrliche Geschlecht ins Grab, und seine Lande, eins der schönsten Hochlande unseres Vaterlandes, wo im engen Thale am rauschenden Waldbache der Eisenhammer pocht, fiel durch Heirath mit der Erbtochter Margaretha an den Grafen Otto IV. von Ravensberg. Aber nicht lange sollten die Ravensberger, deren Land in Westfalen längs des Teutoburger Waldes sich erstreckte, des neu erlangten Machtbesitzes sich erfreuen. Auch für sie hatte die Stunde des Unterganges geschlagen, denn aus der Ehe Otto des IV. von Ravensberg erwuchs nur eine Tochter, welche beide Lande ihrem Gemahl dem schon erwähnten Prinzen Gerhard von Jülich als Mitgift mitbrachte. Dieser vereinigte beide Lande zu einem Herzogthume Berg. Als aber der so nahe verwandte Zweig der Herzöge von Jülich ausstarb, vereinigte der Nachkomme jenes Gerhard Herzog Adolf I. von Berg im Jahre 1423 die drei Länder Jülich, Berg und Ravensberg zu einem Herzogthume Jülich. Ihm folgte sein Neffe Gerhard II. und dessen einzigster Sohn war Herzog Wilhelm VIII., der letzte aus dem grossen Geschlecht der Gerhardinger. Als bei seinem Tode im Jahre 1511 das Wappen der Gerhardinger an seinem Grabe zerbrochen wurde, verloren diese Lande den eigenen Herrscher, um mit einem Nachbarlande zu einem Ganzen verschmolzen zu werden. Die einzige Tochter jenes Wilhelm VIII., also die Erbin von Jülich, Berg und Ravensberg war schon bei dem Tode ihres Vaters verheirathet mit dem Erbprinzen Johann von Cleve. Als dieser nun unter dem Namen Johann III. der Friedfertige im Jahre 1521 seinem Vater in der Regierung seines Stammlandes folgte, waren alle diese Lande Jülich, Berg, Ravensberg und Cleve, Mark, Ravenstein vereinigt zu einem Ganzen und bildeten eins der schönsten deutschen Reiche.

Aehnlich wie Jülich, Berg und Ravensberg nach und nach geeinigt waren, so war es auch bei Cleve, Mark und Ravenstein geschehen. Auch die Grafen von Cleve hatten es verstanden, sich emporzuschwingen und am Ende des elften Jahrhunderts ihre Lehen erblich zu machen, aber schon im Jahre 1368 erlosch ihr Geschlecht, und ihr Land auf beiden Seiten des Rheins an der Lippemündung gelegen fiel durch Heirath der Erbtochter Margaretha an den Grafen Adolf II. von der Mark. Die Grafschaft Mark durchströmt von der vielgewundenen Ruhr und der rauschenden Lenne war ein Theil des alten Sachsenlandes der Westfalen.

Schon im zwölften Jahrhundert finden wir auf dem Schlosse Altena an der Lenne Grafen von der Mark. Nachdem aber Adolf II. Cleve durch Heirath erworben hatte, erhob sich die Macht der Grafen von der Mark so sehr, dass Kaiser Sigismund auf dem Concile zu Costnitz im Jahre 1417 den damaligen Grafen Adolf IV. zum Herzoge von Cleve machte.

Diesem ersten Herzoge von Cleve gelang auch die Eroberung der Grafschaft Ravenstein an der Maas, ebenfalls ein Stück des ehemaligen Herzogthums Niederlothringen. Ein Nachkommen und zwar der Urenkel jenes ersten Herzogs von Cleve war jener schon erwähnte Johonn III., welcher im Jahre 1521 alle Lande vereinigte und bis 1539 regierte.

Während die deutschen Kaiser in den ersten Jahrhunderten des heiligen römischen Reiches deutscher Nation die Dienste ihrer Fürsten und Grossen mit Belehnung von Reichsgütern zu belohnen gewohnt gewesen waren, mussten jetzt, nachdem alle Lehen erblich geworden waren, und der Kaiser ausser seiner Hausmacht und seinem persönlichen Ansehen fast keine Macht in Deutschland mehr hatte, die Dienste der Fürsten durch andere Mittel erkauft werden. So war eine der Hauptbelohnungen, welche der Kaiser für etwa geleistete Dienste verlieh, die Anwartschaft auf ein bestimmtes Land, so wie die gegenwärtigen Herren desselben ausstarben. Solche Belohnungen mussten sich alle Fürsten gefallen lassen, da ja der Kaiser das Recht hatte, bei dem Aussterben eines Regentenhauses das Land als ein erledigtes Reichslehen einzuziehen und einen beliebigen Andern damit zu belehnen.

So war auch unter Kaiser Friedrich III. im Jahre 1483 dem Herzoge Albrecht von Sachsen und dessen Nachkommen der Anfall der Lande Jülich, Berg und Ravensberg, für den Fall, dass sie dem Reiche ledig würden, verheissen worden, und Kaiser Maximilian hatte dieses Privilegium im Jahre 1486 ausgedehnt auf die beiden sächsischen Häuser, das kurfürstliche und das herzogliche, und zwar dergestalt, dass die Länder dem Reiche ledig würden bei dem Aussterben sämmtlicher Leibes- und Lehenserben.*) Ueber diese Belehnung herrschte natürlich sowohl bei den Ernestinern wie auch bei den Albertinern grosse Freude, denn ein Heimfall der fraglichen Lande stand in sehr naher Aussicht, da Herzog Wilhelm von Jülich keine Söhne hatte. Leider hatten sie aber die Rechnung ohne den Wirth gemacht, denn ohne sich um die kaiserlichen Privilegien von 1483 und 1486, welche noch obendrein im Jahre 1495 vom Kaiser auf's Neue bestätigt worden waren, zu kümmern, schloss Herzog Wilhelm von Jülich mit dem Herzoge Johann II. von Cleve am 25. November 1496 einen Vertrag, kraft dessen Herzog Wilhelm seiner Tochter und mit derselben sein Land dem Erbprinzen Johann von Cleve versprach. Bereitwilligst wurde dieser Vertrag von den Ständen beider Lande genehmigt, denn diesen schien es naturgemässer die nachbarlichen Gebiete zu verbinden, als das eine von ihnen in die Hände eines fremden Herrschers kommen zu lassen. Allerdings fehlte diesem Vertrage die kaiserliche Bestätigung, aber dennoch zweifelte keiner der beiden Herzöge, dass es ihnen gelingen würde, dieselbe zu erhalten. Klug benutzten sie hierzu die Verlegenheiten, in welchen der Kaiser Maximilian sich so oft befand. Kaiser Maximilian war bekanntlich der Gemahl der Maria von Burgund, der einzigen Tochter des Herzog Carl des Kühnen. Nachdem Herzog Carl in der Schlacht von Nancy am 6. Juni 1477 gefallen war, ging sein Land unter vielen Streitigkeiten auf Maximilian über.

---

*) Ritter. Saehsen u. der Jülicher Erbfolgestreit S, 3 u. 4.

Einen Theil des Herzogthum Burgund bildeten das Herzogthum Geldern, welches Carl der Kühne erst vor wenigen Jahren durch Vertreibung des Herzog Adolf erobert hatte. Kaum war aber Carl der Kühne todt, so riss Carl Egmond, der Sohn jenes Herzog Adolf, sein väterliches Erbe wieder an sich und behauptete sich, mit den Waffen in der Hand, gegen Maximilian. Dieser glaubte aber den Verlust Gelderns nicht verschmerzen zu dürfen und überzog daher den Herzog Carl Egmond mit Krieg. Dazu bedurfte er der Hülfe der benachbarten Herzöge von Jülich und Cleve, und diese nahmen jetzt die Gelegenheit wahr, ihre Hülfe so theuer als möglich zu verkaufen, so dass Maximilian sich genöthigt sah, im Widerspruch mit den Privilegien von 1483, 1486 und 1495 dem Herzoge Wilhelm von Jülich-Berg im Jahre 1508 ein Privilegium zu verleihen,*) in welchem er die alte deutsche männliche Erbfolge aufhob und Maria, die Tochter des Herzog Wilhelm nebst ihrer männlichen Nachkommenschaft für successionsfähig erklärte. Hiermit noch nicht zufrieden, bewog Herzog Wilhelm den Kaiser schon im Jahre 1509 das Privilegium von 1508 auf's Neue zu bestätigen und in diesem neuen Erlasse ausdrücklich die Privilegien von 1483, 1486 und 1495 aufzuheben.**) So trat Herzog Johann III., der Friedfertige, im Jahre 1511 die Regierung der Lande Jülich-Berg-Ravenberg ruhig und unangefochten an.

Nur Sachsen erhob sofort Beschwerde beim Kaiser, der nun natürlich nicht wusste, was er machen sollte. Gewiss absichtlich wurde die Angelegenheit in der kaiserlichen Hofkanzlei zu Wien höchst lässig betrieben, so dass Kaiser Maximilian darüber starb und nun Kaiser Karl V. die Sache entscheiden sollte. Gegen das Recht des sächsischen Hauses, welches sich damals gerade an die Spitze der Reformation gestellt hatte, liess auch Carl V. sich von Sonderinteressen leiten, und weil er im Kriege gegen König Franz I. von Frankreich der Hülfe des mächtigen Herzog Johann III. zu bedürfen glaubte, belehnte er ihn am 22. Juni 1521 feierlichst mit dem Herzogthume Jülich-Berg.***) So waren trotz allen Widersprechens von Seiten der

---

*) Ritter a. a. O. S. 5.

**) Ritter a. a. O. S. 5.

***) Ritter a. a. O. S. 6.

sächsischen Fürsten beide Lande geeinigt. Sachsen aber, oder wenigstens die Kurlinie, wollte sich das Land nicht aus den Händen gehen lassen und so brachte Kurfürst Johann von Sachsen im Jahre 1526 eine Heirath seines Sohnes Johann Friedrich mit der Tochter des Herzog Johann III. zu Stande. Bei dieser Gelegenheit wurde bestimmt, dass bei dem Aussterben des Jülich-Cleve'schen Hauses, Kursachsen in allen Landen des Herzog Johann III. folgen sollte.

Wie wenig Rücksicht aber in der damaligen Zeit auf solche Verträge genommen wurde, werden wir gleich sehen. Trotzdem nemlich Kaiser Carl V. und sein Bruder Ferdinand, um sich die Hülfe des Kurfürsten von Sachsen zu erkaufen, diesem Vertrage von 1526, am 13. Mai 1544 ihre Zustimmung gegeben hatten, war es gerade der Kaiser, welcher sich am wenigsten an diesen Vertrag hielt.*)

Herzog Johann III. war im Jahre 1539 gestorben und ihm war sein Sohn Wilhelm (1539—1592) gefolgt, welcher, kaum zur Regierung gekommen, mit Kaiser Carl V. in Streit gerieth.

Wir haben oben erwähnt, dass Maximilian gegen den Herzog Carl Egmond von Geldern kämpfte. Es war ihm nicht gelungen, denselben zu besiegen, sondern Carl Egmond hatte sich im Besitze seines Landes zu halten gewusst. Als nun das Geldern'sche Herzogshaus im Jahre 1538 ausstarb, war das Land durch Erbvertrag an die Herzöge von Jülich-Cleve übergegangen. Kaiser Karl V. aber beanspruchte das Herzogthum Geldern, als einen Theil der Burgundischen Erbschaft, für sich, und mit Widerstreben hatte Herzog Wilhelm von Jülich-Cleve endlich im Jahre 1543 der Erbschaft entsagt. Nachdem Herzog Wilhelm sich so vor dem Kaiser gebeugt hatte, hatte derselbe ihn als einen katholisch gebliebenen Fürsten an sich zu ketten gesucht, und dies war ihm auch gelungen, indem er ihn mit der östreichischen Erzherzogin Maria, der Tochter seines Bruders Ferdinand, verheirathete.

Im Jahre 1544 hatte nun Carl V. zu Sachsens Gunsten den Vertrag von 1526 bestätigt, aber schon zwei Jahre später finden wir ihn im offenen Kampfe gegen Kursachsen. Im Jahre

---

*) Ritter a. a. O. S. 8.

1546 brach der schmalkaldische Krieg aus. Unter den Fürsten, welche dem Kaiser treu zur Seite standen, befand sich auch Herzog Wilhelm von Jülich-Cleve. Natürlich verlangte derselbe hierfür seinen Lohn, welcher ihm auch dadurch gewährt wurde, dass ihm Kaiser Carl V. das für unsere Darstellung so entscheidende und wichtige Privilegium vom 19. Juli 1546 verlieh. In diesem Privilegium heisst es, dass nach dem Aussterben seiner männlichen Nachkommen das Land des Herzog Wilhelm nicht etwa an Kursachsen fallen, sondern ungetheilt auf seine Töchter und deren männliche Nachkommenschaft übergehen sollte.*)

Wir stehen hier jetzt vor dem letzten der in der Jülich-Cleve'schen Erbfolge erlassenen kaiserlichen Privilegien, und es ist wohl angebracht, sie uns noch einmal zu vergegenwärtigen.

Nach den Privilegien von 1483, 1486 und 1495 war wenigstens für die Lande Jülich-Berg-Ravensberg das gesammte Haus Sachsen das einzige, welches ein Anrecht geltend machen konnte. Dies war aber nicht geschehen. Wir haben gesehen, wie auf Grund der Privilegien von 1508 und 1509 der Kaiser im Jahre 1521 dem Herzog Johann III. von Cleve, Jülich, Berg und Ravensberg verlieh. Hatten nun die Ernestiner durch den Heirathsvertrag von 1526, bestätigt vom Kaiser 1544, geglaubt, sich die Lande Jülich-Cleve zu sichern, so war ihnen jetzt, durch den kaiserlichen Erlass vom 19. Juli 1546 auch diese Hoffnung zu Schanden gemacht worden.

Fragen wir nun, welches von den verschiedenen Privilegien denn eigentlich zu gelten berechtigt war, so müssen wir billig staunen über die Leichtigkeit, mit welcher sich die Kaiser über die grossartigen Rechtsverletzungen hinwegsetzten. Wie es für ihren Vortheil passte, warfen sie alte verbriefte Rechte und Versprechungen über den Haufen, um neue Ansprüche zu schaffen. Blicken wir auf den Erfolg, so hat allerdings das letzte Privilegium den Sieg davongetragen, aber es kann nicht geleugnet werden, dass dies nur geschehen ist unter grober Verletzung früherer Rechte. Wir werden im Verfolg der Geschichte sehen, wie Sachsen mit seinen Ansprüchen hervortritt, ohne jedoch irgend welche nennenswerthen Erfolge davon zu haben. Diese

---

*) Ritter a. a. O. S. 9.

Jülich-Cleve'sche Erbfolgefrage fiel ja geıade in eine Zeit, wo
Deutschland schon vor den Thoren jenes unheilvollen dreissigjährigen Krieges stand, welcher gerade auf die territorialen Ver-
hältnisse Deutschlands einen sehr grossen Einfluss ausübte.

Herzog Wilhelm von Jülich-Cleve hielt mit dem Privilegium
vom 19. Juli 1546 alle Ansprüche der Häuser Sachsen, von denen
die hauptberechtigten Ernestiner soeben in die Reichsacht gethan
waren, vollständig für aufgehoben und doch liess er, um gänzlich sicher zu gehen, dieses Privilegium noch zweimal von den
Kaisern Ferdinand I. und Maximilian II. bestätigen.

Aus seiner Ehe mit Marie von Oesterreich stammten sechs
Kinder und zwar zwei Söhne und vier Töchter. Der eine Sohn
Carl Friedrich war schon vor dem Tode des Vaters in Rom
gestorben, so dass ihm sein Sohn Johann Wilhelm nachfolgte.
Von den Töchtern heirathete die älteste, Maria Eleonore, im
Jahre 1572 den Herzog Albrecht II. Friedrich von Preussen,
und dieser war bei Schliessung der Ehepacten ausdrücklich auf
Grund jenes Privilegiums des Kaiser Karl V. versprochen worden, dass ihr, falls ihr Bruder Johann Wilhelm ohne Erben
sterben würde, das väterliche Land ungetheilt zufallen sollte,
während die andern Schwestern allen Ansprüchen gegen sehr
bedeutende Geldentschädigungen entsagen sollten. Die zweite
Tochter Anna wurde die Gemahlin des Pfalzgrafen Philipp Ludwig von Pfalz-Neuburg und Mutter unseres. Wolfgang Wilhelm.
Die dritte, Namens Magdalena, war verheirathet an den Pfalzgrafen Johann von Zweibrücken, während die jüngste Sibylla
die Gemahlin des Markgrafen Carl von Burgau wurde.

Aus der Ehe der Maria Eleonore mit Albrecht II. Friedrich
von Preussen entsprossen nur 2 Töchter, von denen die älteste
Tochter Anna die Gemahlin des Kurfürsten Johann Sigismund
von Brandenburg (1608—1619) wurde. Da Albrecht II. Friedrich keine Söhne hatte und das nächtverwandte Brandenburg-
Fränkische Haus, aus welchem Albrecht II. stammte, im Jahre
1603 ausstarb, so musste sein Land Preussen nach seinem Tode
an Brandenburg fallen. Ebenso fielen aber, da auch die jüngste
Tochter der Maria Eleonore an den Kurfürsten Joachim Friedrich von Brandenburg (1598—1608) verheirathet war, alle Erb-
ansprüche auf Jülich-Cleve-Berg, welche sich auf jenes Privile-

gium vom 19. Juli 1546 und auf die Ehepacten von 1572 gründeten, an Brandenburg. Betrachten wir die vor dem Jahre 1546 ertheilten Privilegien als durch den Kaiser aufgehoben und demnach als null und nichtig, so war das Erbrecht Brandenburgs sonnenklar. Trotzdem werden wir sehen, wie dieses klare Erbrecht nicht allein vom Kaiser, sondern auch von andern Fürsten dem Hause Brandenburg streitig gemacht wurde.

Der Grund zu dieser eigenthümlichen Erscheinung, um dies hier vorwegzunehmen, war ein doppelter. Einmal gönnte man einen solchen Länderzuwachs dem aufsteigenden Geschlechte der Hohenzollern, welches schon anfing, unbekümmert um den Kaiser, seinen eigenen Weg zu gehen, nicht. Dann aber war es beim Beginn des siebzehnten Jahrhunderts eine für die Geschicke Deutschlands schwerwiegende Frage, ob diese Lande katholisch oder evangelisch waren. Wahrlich, hätten die Kaiser geahnt, dass sie so bald dem so verhassten Hause Brandenburg nützen würden, sie würden sich wohl gehütet haben, das Privilegium von 1546 so oft und so feierlich zu bestätigen. Als es nun in Kraft treten sollte, suchten sie freilich mit allen Mitteln dasselbe wieder aufzuheben, um die Lande womöglich für sich zu erlangen.

Der Bruder jener Maria Eleonore von Preussen und einzigster überlebender Sohn des Herzog Wilhelm, Herzog Johann Wilhelm (1592—1609) war geisteskrank und so wurde die Regierung in seinem Namen von Räthen geführt. Diese waren, wie der Herrscher und ein Theil der Bevölkerung, katholisch und ihnen war natürlich nichts mehr zuwider als ein Heimfall an das protestantische Brandenburg. Daher wurden alle möglichen Mittel angewendet, diesen Heimfall zu verhüten oder wenigstens zu verzögern. Zuerst schritt man zur Vermählung des blödsinnigen Herzoges, aber die Ehe blieb kinderlos und immer drohender rückte die Erbschaft Brandenburgs heran.

Die Krankheit des Herzogs verschlimmerte sich von Tag zu Tag, aber man gab immer noch nicht die Hoffnung auf eine Wiederherstellung auf. Auf den Rath eines katholischen Priesters und einer abergläubischen Nonne nähte man ihm z. B. ein Evangelium des St. Johannes in den Rock, gab ihm Austern und andere Speisen, die man mit geweihten Hostien bereitet hatte, zu essen, aber kein Mittel konnte auf den gestörten Geist des Herzogs eine bessernde Wirkung ausüben. Zuletzt war sein Geist gänzlich umnachtet und völliger Wahnsinn beherrschte ihn. In der Meinung, dass Mörder ihn beständig umgäben, die nach seinem Leben trachteten, schlief er nur in voller Rüstung, liess das Schwert nicht aus den Händen und raste in seinem Schlosse umher, zuletzt in so menschengefährdeten Weise, dass er eingesperrt werden musste. Endlich erlöste ihn der Tod am 25. März 1609 von seinen schweren Leiden. Nun trat das Brandenburgische Erbrecht ein und darum heftete schon am 4. und 5. April der Kurbrandenburgische Bevollmächtigte das Wappen seines Herrn an alle Staatsgebäude an und nahm so factisch Besitz vom Lande. Sofort waren aber auch andere Fürsten da, welche an der Erbschaft Theil nehmen wollten.

Die Jülich-Cleve'schen Landen waren umgeben von den Grossmächten der damaligen Zeit, Spanien, Niederlande, Frankreich und Oestreich, und es lag die Gefahr nahe, dass aus dieser Erbfolgefrage ein Europäischer Krieg entstehen könne.*) Bei den meisten stand fest, dass die Lande nicht an Brandenburg kommen dürften. An dem kaiserlichen Hofe in Wien hatte man schon lange die Eventualität einer Erwerbung für Oestreich ins Auge gefasst und demgemäss auch schon manchen Schritt gethan. Hatte doch Markgraf Carl von Burgau, ein dem Hause Habsburg apanagirter Prinz, ausdrücklich auf Befehl des Kaisers gehandelt, als er im Jahre 1601 Sibylla, die jüngste Tochter des Herzog Wilhelm heirathete. Bei der bekannten Regierungsunfähigkeit seines Sohnes hatte Herzog Wilhelm bestimmt, dass seine drei jüngsten Töchter bei ihrer Verheirathung ausdrücklich zu Gunsten ihrer ältesten Schwester Maria Eleonore auf die Nachfolge Verzicht leisten sollten. In diese Verzichtleistung hatten Sibylla und ihr Gemahl nicht gewilligt und trotzdem hatte der Kaiser Rudolf II. die Heirath erzwungen, gewiss in der Absicht, hierdurch seinem Hause ein eventuelles Recht zu verschaffen.**)

Als nun die Kunde nach Wien kam, Herzog Johann Wilhelm sei zu seinen Vätern versammelt, da bestimmte der Kaiser

---

*) Ritter a. a. O. S. 13.
**) Ritter Geschichte der deutschen Union II. S. 132.

sofort, dass die Regierung der Lande bis zu seiner Entscheidung von der Wittwe des letzten Herzogs, in Gemeinschaft mit kaiserlichen Commissarien, in bisheriger Weise sollte fortgeführt werden. Vorläufig war es dem Kaiser nur darum zu thun, dass Kurbrandenburg, welches so eben die sichere Anwartschaft auf das Herzogthum Preussen erhalten hatte, nicht schon wieder einen so reichen Länderzuwachs erhielte. Aber eben so wenig gönnte man das Land dem zweiten Hauptprätendenten, dem Pfalzgrafen Wolfgang Wilhelm von Pfalz-Neuburg. Lag doch bei beiden Fürsten die Gefahr nahe, dass dann der Protestantismus in Deutschland mächtiger würde als bisher*). Wie bald konnte es doch geschehen, dass die Kurpfalz, welche damals nur auf wenigen Augen stand, ausstarb und dann war Pfalz-Neuburg der nächste Erbe und der Pfalzgraf fast der mächtigste protestantische Fürst in Deutschland. Alle diese Umstände wurden am kaiserlichen Hofe von den Jesuiten reiflich erwogen und so dem schwachen, trübsinnigen Kaiser Rudolf II. der Plan nahegelegt, diese Lande vielleicht durch den Markgrafen Carl von Burgau für Oestreichs Hausmacht zu erwerben. War dies doch eine treffliche Gelegenheit, im äussersten Westen Deutschlands festen Fuss zu fassen, konnte man doch hier dem so nahe verwandten Spanien in den Niederlanden die Hand reichen zur Unterdrückung des Protestantismus.

So war man am kaiserlichen Hofe auf den Gedanken gekommen, zuerst das Land bis auf Weiteres in kaiserliche Verwaltung zu nehmen, um dann bei guter Gelegenheit sich gänzlich in den Besitz desselben zu setzen**). Diese Einmischung des Kaisers hatten aber die beiden meist betheiligten Fürsten, Johann Sigismund von Brandenburg und Wolfgang Wilhelm von Pfalz-Neuburg schon lange befürchtet. Und weil sie eine kaiserliche Sequestration des Landes und einen dieser folgenden und bis ins Endlose hingezogenen Rechtsstreit vor dem Reichskammergerichte besorgten, so beeilten sie sich, von dem ganzen Lande Besitz zu nehmen und beschlossen, eine endgültige Entscheidung der Rechtsfrage nicht dem parteiisch gesinnten Kaiser, sondern

---

*) Ritter a. a. O. S. 20. Anmerk.
**) Ritter a. a. O. S. 20. Anmerk.

höchstens, wenn sie selbst sich nicht einigen könnten, einem unparteiischen Fürstengerichte zu überlassen.

Fragen wir nun, wie kam Pfalz-Neuburg dazu Ansprüche zu erheben, so bleibt uns keine andere Antwort als die, dass, da schon während der ganzen Regierung des Herzog Johann Wilhelm ein Federkrieg der Cabinette über die Erbfolge herrschte, auch Pfalz-Neuburg beschloss, aufzutreten, um möglicherweise ein Stück der Erbschaft zu erlangen. Ein Bericht des Gesandten des Kurfürsten von Sachsen am kaiserlichen Hofe Gödelmann vom 3. August 1608 belehrt uns: „dass her Wolfgang Wilhelm pfaltzgrave bei Rein stark umb die administration beider fürstentumben Gulich und Berg wie auch Cleve am kaiserlichen hoffe angehalten hat.*) Als nun Herzog Johann Wilhelm todt war, stützte sich Wolfgang Wilhelm von Pfalz-Neuburg auf eine allerdings höchst einseitige Auslegung jenes Privilegiums vom 19. Juli 1546 und eines darauf gegründeten Hausgesetzes des Herzogs Wilhelm. Aus diesen Actenstücken glaubte er nemlich herauszulesen, dass er der einzigste Erbe sei. Es heisst in jenem Privilegium des Kaisers Karl V., dass das Land übergehen solle auf die Töchter und deren männliche Nachkommenschaft.

Herzog Wilhelm hatte dies dahin bestimmt, dass allgemein auf die älteste seiner Töchter und deren Nackommenschaft das Erbe gelangen sollte. Nun meinte Wolfgang Wilhelm, einerseits sei seine Mutter Anna die einzige Erbin, da ihre älteste Schwester Maria Eleonore schon 1608 gestorben sei, andererseits aber rede das Privilegium von 1546 nur von männlicher Nachommenschaft der Töchter. Diese aber könne Maria Eleonore, da sie nur zwei Töchter geboren habe, nicht aufweisen, und folglich sei er als Sohn der ältesten noch lebenden Tochter des Herzog Wilhelm der einzige Erbe. Die beiden jüngsten Töchter des Herzog Wilhelm, die von Zweibrücken und von Burgau, gingen noch weiter. Sie verlangten einfach eine Theilung in vier Theile, da sie ebenso viel Recht hätten, als jede Schwester. Ausserdem meldeten sich noch als Erbe der Herzog von Nevers unter dem Vorgeben, dass er allein das Land zu beanspruchen habe, weil er das Wappen der Herzöge von Cleve führe. Auch Heinrich

---

*) Ritter a. a. O. S. 57.

Graf von der Mark machte wenigstens auf das Land Mark Anspruch. Ebenso trat jetzt auch Sachsen energisch mit seinen Ansprüchen hervor*). Kurfürst Christian II. erlangte im Laufe des Streites sogar von dem zweideutig und eigennützig handelnden Kaiser am 7. Juli 1610 eine Belehnung für das gesammte sächsische Haus und nahm in Folge dessen auch den noch jetzt von den sächsischen Fürsten geführten Titel, Herzog von Jülich-Cleve-Berg, Graf zu der Mark und Ravensberg, Herr von Ravenstein an. Aber dies war auch Alles, was Sachsen erlangte.

Es würde uns zu weit führen, wollten wir hier die Streitigkeiten in Betreff der Erbfolge, welche von Seiten Sachsens, Zweibrücken's und Burgau's, ja noch von anderen Staaten erregt wurden, weiter verfolgen. Für unsere Zwecke genügt es uns, darauf hingewiesen zu haben, wie viel umworben diese Lande gewesen sind, und zugleich durch die vorhergehende Darstellung gezeigt zu haben, welcher Art die Ansprüche waren, welche von Brandenburg und Pfalz-Neuburg erhoben wurden.

Bei der grossen Verwickelung so vieler Ansprüche war, wenn der Streit, wie der Kaiser wollte, vor seinem Forum oder vor dem Reichskammergericht im Wege des Rechtes ausgefochten werden sollte, sobald kein Ende abzusehen. Alles schien daher darauf anzukommen, wer zuerst Besitz ergreifen würde. Daher liessen sowohl Johann Sigismund wie auch Wolfgang Wilhelm von beiden Seiten Truppen in das Land rücken und nahmen, wie wir gesehen haben, factisch vom Lande Besitz. Damit war man natürlich am kaiserlichen Hofe in Wien gar nicht zufrieden. Es erschien ein drohendes Edict, in welchem der Kaiser den beiden Fürsten jede Art von Besitzergreifung bis zu seiner Entscheidung auf das Strengste untersagte. Dieses Edict bewirkte aber das gerade Gegentheil. Kaiser Rudolf war einer der schwächsten Herrscher seiner Zeit und hatte in seinem eigenen Lande so gut wie gar keine Macht, geschweige denn, dass sich die andern deutschen Fürsten viel um ihn kümmerten. Immerhin aber war sein Edict für beide Parteien so gefahrdrohend, dass die beiden Fürsten zu der Einsicht kamen, sie müssten sich verbinden gegen die andern Prätendenten, wenn sie

---

*) Ritter a. a. O. S. 22—54.

die Lande für sich retten wollten. So kam zwischen Johann Sigismund uud Wolfgang Wilhelm durch Vermittelung des Landgrafen Moritz von Hessen am 10. Juni 1609 der sogenannte Dortmunder Recess zu Stande, ein Vergleich, in welchem sie beschlossen die Lande gemeinschaftlich zu regieren, bis die Sache zwischen ihnen gütlich oder auf rechtlichem Wege ausgetragen sei. Es heisst in diesem Recesse: „dass aller Streit „wegen der Succession zu bequemer Zeit durch Mittelspersonen „sollte beigelegt, unterdessen aber das Land von ihnen beiden „zugleich administrirt werden, doch ohne Präjudiz der kaiser„lichen Lehensgerechtigkeit, wie auch ohne Schmälerung jedes „andern Rechtes."

In Folge jenes Dortmunder Vertrages stellten wenigstens die von Zweibrücken und Burgau, sowie der Herzog von Nevers und der Graf von der Mark ihre Forderungen ein, bis dass der erwähnte gütliche Vergleich ins Werk gesetzt sei, weil sie wohl einsahen, dass sie für jetzt nichts würden ausrichten können.

Am kaiserlichen Hofe war man hiermit natürlich durchaus nicht zufrieden. Man wollte ja den einmal ausgedachten schönen Plan, die Lande selbst zu erlangen, nicht fahren lassen.*) Hatte doch selbst Sachsen erklärt, es wolle seine Ansprüche zu Gunsten des Hauses Habsburg fallen lassen, wenn ihm dieses eine Entschädigung aus dem Reiche oder den östreichischen Erblanden, entweder in Land oder in Geld leisten wolle. Daher erklärte der Kaiser den Dortmunder Recess für einen eigenmächtigen Bruch des Reichsrechtes und beschloss nun ebenfalls Truppen ins Jülich-Clevesche Land zu schicken, um sein kaiserliches Ansehen zu wahren. Denn mit diesem kaiserlichen An-

---

*) Dass in Wirklichkeit in Wien die Absicht bestand, die Lande für das Haus Habsburg zu erwerben, zeigen auch die Erklärungen, welche Markgraf Joachim Ernst von Anspach und Landgraf Moritz von Hessen auf der sogenannten Annaburger Tagsatzung 25. bis 28. September 1609 .abgaben. Ritter a. a. O. S. 64—68. Dagegen hatten sich aber Frankreich, England und die Generalstaaten verbunden, „beiden fursten Brandenburgk „und Neuburgk zu assistiren, damit solche Lande, deren sie am nächsten „benachbaret, nicht in deren von Oestreich hende kommen möchten." Ritter a. a. O. S. 78.

sehen sah es sehr schlimm aus. Die Stände beider Lande hatten sofort nach dem 10. Juni den beiden Fürsten in Düsseldorf gehuldigt, und die kaiserlichen Commissarien hatten rein vergebens gegen diesen Act protestirt. Ja die Macht des Kaisers in diesen Landen wäre gänzlich vernichtet gewesen, wenn nicht der Amtmann Rauschenberg die Stadt Jülich, welche stark befestigt war, für ihn behauptet hätte. Darauf hin entwarf man in Wien einen neuen Plan, in den Besitz der Lande zu kommen. Erzherzog Leopold, Bischof von Passau und Strassburg und Bruder des späteren Kaiser Ferdinand II., wurde schon am 14. Juli 1609 abgeschickt, um als kaiserlicher Commissarius und Administrator, die Herzogthümer den beiden Fürsten zu entreissen und sie mit Gewalt in kaiserliche Sequestration zu nehmen. Schnell sammelte er in seinem Bisthum Strassburg und im Elsass Truppen, bemächtigte sich mit Rauschenberg's Hülfe der Stadt und Burg Jülich und begann nun alle möglichen Verhandlungen, die alle dahin strebten, das Land in seine Gewalt zu bekommen. Um aber auf die Dauer die kaiserlichen Rechte mit den Waffen in der Hand behaupten zu können, und wie er dem Erzherzog Ferdinand von Steiermark am 5. Dec. 1609 schrieb, „mit Gottes Hülfe diese Lande ex faucibus hae-„reticorum zu liberiren,“*) liess er durch Deutschland die Werbetrommel für seine Fahnen in Bewegung setzen. Diese Einmischung des Kaisers, welcher sogar einerseits so weit ging, die Lande für heimgefallene Mannlehen zu erklären, über welche er ohne Zustimmung der Kurfürsten anderweitig verfügen könne, anderseits meinte, Brandenburg, Neuburg und Zweibrücken hätten gar kein Anrecht, sondern höchstens der Markgraf Carl von Burgau, empörte nicht nur alle protestantischen Fürsten, sondern sogar auch einige katholische. Dazu kam, dass sich um diese Zeit auch der Papst in den Streit mischte. Der päpstliche Nuntius in Cöln hatte es nicht unterlassen, den Papst aufmerksam zu machen auf die grosse Gefahr, welche darin liege, wenn etwa die Jülich-Cleveschen Lande an einen Ketzer kämen, und Papst Paulus V. hatte sofort an den Kaiser geschrieben und ihn dringend ermahnt, „ne in ducatibus Juliacensibus

---

*) Ritter a. a. O. S. 63.

„etc. religio detrimentum patiatur, et ne haeretici illos occupent." Aus allen Anzeichen erkannten aber die deutschen Fürsten, dass der Kaiser hier, wie es schon oft Oestreichs Gewohnheit gewesen war, nur Pläne Habsburgischer Hauspolitik und nicht die Interessen des Reiches verfolgen wollte. Dieser Verdacht erregte der kaiserlichen Politik zahlreiche Gegner. Daher war es gar nicht zu verwundern, dass jetzt die Fürsten der sogenannten Union*) entschieden anfingen, gegen die kaiserliche Anmassung Front zu machen, den beiden bedrohten Fürsten ihren Beistand zuzusagen und demgemäss Rüstungen in ihren Landen anzuordnen.

Kaum hatte Friedrich IV. Kurfürst von der Pfalz, das Haupt der Union, die Rüstung angeordnet, als sofort ein Gesandter an den König Heinrich IV. von Frankreich abging, um die schon früher erbetene Hülfe**) als eine jetzt nothwendige darzustellen und um den König ebenfalls zur Rüstung gegen den Kaiser zu bewegen.

---

*) Nach der Urkunde des Unionsvertrages hatten sich der Kurfürst von der Pfalz, der Pfalzgraf von Neuburg, der Markgraf von Baden-Durlach, die beiden Markgrafen von Brandenburg-Franken am 4. Mai 1608 in Ahausen bei Ansbach dahin verbunden, dass sie wirken wollten, einmal für Erledigung aller Beschwerden der Protestanten, ferner aber wollten sie, im Falle einer von ihnen bedrängt oder feindlich überzogen würde, einander mit der Macht des Bundes beispringen. Diesem Bunde traten gar bald die Fürsten von Anhalt, der Pfalzgraf von Zweibrücken, sowie mehrere Reichsstädte bei, im Ganzen neun Fürsten und fünfzehn Reichsstädte, während der Kurfürst von Brandenburg und der Landgraf von Hessen-Cassel sich dem Bunde geneigt erklärten. Gegen dieses protestantische Bündniss gründeten die Katholiken auf Betrieb des Herzog Maximilian von Baiern, damit „die alte, wahre, seligmachende Religion nicht ausgerottet werde," am 10. Juli 1609 ein Gegenbündniss, die sogenannte Liga, welcher bald zwölf geistliche und weltliche Fürsten angehörten.

**) Caraffa in Germania sacra p. 39: Haec cum aliquoties Hailbronnae, Fridbergae, Heidelbergae et Spirae Protestantes inter se deliberassent, tandem anno 1603 Elector Palatinus, Administrator Argentinensis, Hassiae Landgravius Mauritius, Aspacensis et Badensis novum foedus inierunt Heidelbergae; quo sibi invicem pollicebantur, tales progressus Aulicos repellere et unius causam, si oppeteretur, in se suscipere, ita ut si aliquis executionem processuum Aulicorum attentaret, huic omnes se opponere deberent. Imo actum sit, de Hollandorum aliorumve Principum subsidio implorando; et paullo post in hunc finem Parisios Mauritius Hassiae

Um diese Einmischung des französischen Königs zu verstehen, brauchen wir uns nur zu erinnern an die Pläne, welche Heinrich IV. sowohl in Bezug auf das Haus Habsburg wie auch auf Frankreichs Stellung in und zu Europa verfolgte. Nachdem nemlich Heinrich IV. nach harten Kämpfen Frankreich gleichsam sich erobert und die ihm widerstrebenden Elemente durch seinen Uebertritt zum Katholicismus für sich gewonnen hatte, dachte er daran, Frankreich an die Spitze von ganz Europa zu stellen. Um dies aber bewerkstelligen zu können, war es nöthig, die Macht des Hauses Habsburg, welches damals Deutschland, Spanien und die Niederlande, sowie einen grossen Theil der neuen Welt beherrschte, zu brechen, ja wenn möglich zu vernichten. Darum hatte Heinrich IV. schon seit längerer Zeit sein Augenmerk hauptsächlich darauf gerichtet, ein immer schlagfertiges Heer zu haben, damit er jede Gelegenheit wahrnehmen könne, seine weitaussehenden, grossartigen Pläne zu verwirklichen. Als daher die Gesandtschaft der Union zu ihm kam, war er natürlich, froh über die Gelegenheit, die habsburgische Macht schmälern und schwächen zu können, sofort bereit, die schon früher dem Landgrafen Moritz von Hessen zugesicherte Hülfe den deutschen Protestanten zu gewähren. Er bestimmte das Frühjahr des Jahres 1610 zum Beginn der Feindseligkeiten.

Die Union hatte indessen auch nicht gefeiert, sondern mit Beginn des Frühjahres 1610 rückte das Heer derselben in den Elsass ein, und leicht gelang es, die paar tausend Mann, welche Erzherzog Leopold hier hatte anwerben lassen, zu zerstreuen. In demselben Augenblicke, wo die Feindseligkeiten begannen, ging eine scharfe Schrift an den Kaiser ab, in welcher die Unirten erklärten, dass sie nur aus Nothwehr zu den Waffen gegriffen hätten und zugleich den Kaiser anklagten, dass er eigenmächtig und ungerecht in der Erbfolgeangelegenheit von Jülich-Cleve gehandelt habe. Sie meinten, der Kaiser dürfe

---

transmissus ut regis Galliae subsidium imploraret, et Patrocinium Principum Germaniae Gallis deferret. In Folge neuer Uebergriffe des Katholicismus kamen die protestantischen Fürsten wiederum zusammen und schlossen im Jahre 1608 die schon erwähnte Union von Ahausen.

nach den Reichsgesetzen nicht, wie er wolle, allein entscheiden, sondern nur unter Zuziehung der Kurfürsten und einer Anzahl anderer unbetheiligter Fürsten. Jetzt bekam es der ohnehin schon schwache Kaiser, der bisher zu keinem entscheidenden Schritte in der Jülich-Cleveschen Sache zu bewegen gewesen war, und dem im eigenen Hause die nächsten Verwandten die grössten Verlegenheiten und Nöthe bereiteten, mit der Angst, und um aus dieser drückenden Verlegenheit herauszukommen, beschloss er endlich, etwas zu thun, und belehnte, wie schon erwähnt ist, am 7. Juli 1610 das Haus Sachsen mit den vom letzten Herzoge von Jülich hinterlassenen Reichslehen. Mit dieser Belehnung hoffte der Kaiser, obwohl Kursachsen, trotz aller Mühe, die man sich gegeben hatte, der Union nicht beigetreten war, doch die Unirten zu beruhigen.*)

Damit glaubte nemlich der Kaiser den Haupteinwand, dass er die Lande für sich oder wenigstens für einen katholischen Fürsten aus dem Hause Habsburg erwerben wollte, hinweggeräumt zu haben. Wie wenig ihm aber die Beruhigung der einmal unter den Waffen stehenden Union gelang, sieht man daraus, dass die Union nach den ersten glücklichen Erfolgen im Elsass und nach einer furchtbaren Brandschatzung der katholischen Stifter, welche ihr Heer durchzog, beschloss ein neues, noch stärkeres Heer zu sammeln und es mit den Truppen des französischen Königs, die sich schon an der Grenze aufzuhäufen begannen, zu vereinigen. Jetzt schien ein grosser Krieg geradezu unvermeidlich, und alle Welt schaute gespannten Auges hin nach dem Elsass, begierig, kennen zu lernen die weitere Entwickelung dieser Angelegenheit, welche so recht geeignet war, das, was man einen Europäischen Krieg nennt, hervorzurufen. Da trat plötzlich und für die Sache der Unirten höchst niederschlagend eine unerwartete Wendung der Dinge ein, an welche Niemand gedacht hatte.

Am 14. Mai 1610 traf in der engen Strasse de la Feronnerie zu Paris der Mordstrahl des Franz Ravaillac, eines Laien-

---

*) Kursachsen war dem Kurfürsten von der Pfalz, sowohl weil er sich zu der verhassten reformirten Lehre bekannte, als auch aus politischer Eifersucht abgeneigt und hatte sich dagegen, besonders in letzterer Zeit wegen der Jülich-Cleveschen Erbfolge dem Hause Habsburg genähert.

bruders aus dem Orden der Feuillants, die Brust Heinrichs IV.,
der schon nach wenigen Minuten seinen Geist aufgab. Dadurch
wurde zunächst der Schwung des Krieges sehr gelähmt, und,
wenn auch die französische Hülfe den deutschen Protestanten
bei ihrem Vorhaben nicht gänzlich fehlte, so fehlte doch der
rechte Nachdruck, den ein Mann wie Heinrich IV. der ganzen
Sache gegeben haben würde. Die Union war entschieden im
Vortheil, richtete aber aus den angegebenen Gründen nicht viel
aus. In Wien aber schöpfte man, trotzdem die einmal einge-
leitete Belehnung Sachsens nicht wieder rückgängig zu machen
war, aus dem Tode des König Heinrich IV. neuen Muth, und
der schwache Kaiser ging jetzt sogar so weit, dass er sich an
das Haupt der Liga, den Herzog Maximilian von Baiern, wandte,
mit der dringenden Bitte, ihn gegen die Union mit den Waffen
der Liga zu unterstützen.

Die Liga, entschieden mächtiger als die Union, liess aber
nicht viel von sich hören, da dem Herzog Maximilian von Baiern
ebenfalls daran lag, die Habsburger nicht zu mächtig werden
zu lassen. Zwar befahl er auf Betrieb des Kaisers eine Rüstung
des Bundes, aber in der wohl weisen Erkenntniss, dass, wenn
er zum Kampfe vorgehen würde, das Signal zu einem grossen
Kriege gegeben sei, suchte er demselben mit allen Mitteln aus-
zuweichen. Zudem verlor für die katholischen Fürsten der
Liga die ganze Frage gar bald alles Interesse, nachdem der
Kaiser in derselben schon eine Entscheidung getroffen und die
fraglichen Lande einem protestantischen Fürsten verliehen hatte.
So kam es, dass die Unirten mit den zur Hülfe herbeieilenden
französischen und holländischen Truppen am 1. September 1610
bei nur schwachem Widerstande die Festung Jülich erobern
und so der kaiserlichen Sequestration der Jülich-Cleve'schen
Lande für immer ein Ende machen konnten. Erzherzog Leopold
wollte aber die Beute nicht fahren lassen, sondern brachte ein
beträchtliches Heer in seinem Bisthume Passau zusammen und
bewog auch den ihm befreundeten Herzog Maximilian ernstlicher
als bisher zu rüsten. Da starb plötzlich am 19. September 1610
das Haupt und die Seele der ganzen Union, Friedrich IV. Kurfürst von der Pfalz, und nun hielten es sowohl die Unirten wie
die Katholischen für das Beste, den drohenden Ausbruch des

Krieges noch einmal zu verhindern. Bei so allgemeiner Kriegs-
unlust und Friedensliebe kam schon am 24. October 1610 der
Friede zu Stande, und beide Theile legten für diesmal die
Waffen nieder.

Hier dürfte es wohl angebracht sein, die allgemeine Geschichte des Jülich-Cleve'schen Erbfolgestreites zu schliessen,
um nun auf die specielle Geschichte, soweit sie für die beiden
hauptbetheiligten Fürsten Johann Sigismund von Brandenburg
und Wolfgang Wilhelm von Pfalz-Neuburg zu berücksichtigen
ist, einzugehen. Nur soviel wollen wir hier gleich im Voraus
bemerken, dass eine endgültige Regulirung der Erbfolge erst
viel später, nemlich erst nach dem dreissigjährigen Kriege er-
folgte. Erst im Jahre 1666 durch den Vertrag von Cleve einigten
sich Brandenburg und Neuburg dahin, dass ersteres Cleve, Mark,
Ravensberg und Ravenstein, letzteres Jülich und Berg erhielt.

Wir haben die Geschichte der Herzogthümer verlassen zu der
Zeit, als mit Hülfe von Holland und Frankreich der kaiserlichen
Sequestration ein Ende gemacht worden war. Schon vorher
hatten beide Fürsten auf Grund des Dortmunder Recesses vom
10. Juni 1609 eine gemeinschaftliche Regierung eingesetzt, bei
welcher Wolfgang Wilhelm, dessen Vater noch lebte, seine
Rechte meist in eigener Person vertrat, während Johann Sigismund seinen jüngern Bruder, den Markgrafen Ernst, als seinen
Statthalter nach Cleve schickte. Es konnte unmöglich ausbleiben, dass, da jeder von beiden Theilen eifersüchtig war und
seinen Rechten nicht im Geringsten etwas vergeben wollte, ein
solches Condominat nothwendiger Weise zu allerhand Misshelligkeiten führen musste.*)

---

*) Zu welchen Zwistigkeiten es während des Condominates kam,
zeigt wohl am besten folgende Stelle aus einem Buche des Dr. Joh. Zeschlin,
Kanzler des Pfalzgrafen Wolfgang Wilhelm:

Cum in concilio aliquando, quod tum commune erat Brandenburgicis
cum Palatinis jure familiaritatis, quaestio inciderit non exigui momenti et
omnes in meam irent sententiam, solo Mauritio (Dr. Erasmus Moritz, bran-
denb. Hofrath) excepto, qui diversam sentiebat, nonnullis ductum rationibus,
quae plus subtilitatis quam solidi aliquid fundamenti continebant: conclusi
tamen pro voto meo usus hoc dicterio, quod Rodbertus Marana Juris Con-
sultus Venusinus quodam in loco allegat: „Propter bonam phantasiam unius
Doctoris non esse recedendum a communi opinione." Quae vox tantam

A. Menzel sagt in seiner „Neueren Geschichte der Deutschen" B. VI S. 58: „Hieraus entsprang für beide possidirende
„Fürsten so vieler Streit und Verdruss, dass man endlich am
„pfalzgräflichen Hofe zu Neuburg auf den Gedanken kam, zur
„Behebung dieser Unannehmlichkeiten eine Vermählung des Wolf-
„gang Wilhelm mit der Prinzessin Anna Sophia, der Tochter des
„Kurfürsten Johann Sigismund, zu stiften."

Trotz aller Misshelligkeiten hatte sich die gemeinschaftliche
Regierung wirklich gehalten bis zum Jahre 1613. Weil aber,
wie es nicht ausbleiben konnte, der gegenseitigen Klagen täg-
lich mehr wurden, und besonders der pfalzgräfliche Hof am
wenigsten mit diesem Regimente zufrieden war, so entwarf man
in Neuburg einen neuen Plan, der darauf hinausging, das ganze
Land ungetheilt in Besitz zu bekommen.

Eine Gesandtschaft wurde nach Berlin geschickt, um dort
um die Hand der Prinzessin Anna Sophie für den Pfalzgrafen
Wolfgang Wilhelm zu werben. Dank der klugen Unterhand-
lung der Gesandten gelang es, dass sowohl die Kurfürstin Anna,
wie auch die Prinzessin Anna Sophie für den pfalzgräflichen
Plan gewonnen wurden. Denn dieser Plan bestand in nichts
Geringerem, als darin, dass Johann Sigismund alle seine An-
sprüche, Rechte und Forderungen, welche er an die beiden
Herzogthümer zu machen hatte, seiner Tochter Anna Sophie als
Mitgift schenken sollte. So gedachte man in Neuburg die
brandenburgischen Ansprüche mit den pfalzgräflichen in der
Verbindung des jungen Paares zu vereinigen.

Wenn nun auch die Kurfürstin und ihre Tochter für diesen Vorschlag gewonnen waren, so hielt es doch sehr schwer,
den Kurfürsten zu einer günstigen Aeusserung zu bewegen.
Denn ein Aufgeben dieser schönen Erbschaft, an welche er
auf Grund des Privilegiums von 1546 ein unbedingtes Anrecht
hatte, war für Johann Sigismund keine Kleinigkeit. Regten

Mauritio bilem convicit in nasum, ut diceret, eam ad suam injuriam perti-
nere seque phantasticum a me ignominiose appellatum. Itaque vindicaturus
suum honorem, me, si vir essem, provocavit ad duellum protinusque sumpto
gladio properavit ad locum certamini destinatum, me statim insequente:
sed mox poenitentia ductus destitit a proposito, seque in proximum coena-
culum subduxit, ibique mansit tantisper, donec ira deferbuit.

sich doch gerade in seiner Brust hohe und hochfliegende Pläne. Sicher muss man aus einigen Aeusserungen, welche er that, annehmen, dass schon er ahnungsvoll von einem Ausbreiten des Hohenzollern'schen Adlers über den ganzen Norden Deutschlands träumte, und nun sollte er für sein Geschlecht ein Land aufgeben, wodurch es am Rheine, also im äussersten Westen Deutschlands, festen Fuss fassen konnte. Dass ein solcher Traum von einer Vorherrschaft seines Hauses über den Norden Deutschlands nicht aberwitzig war, lehrt uns die ganze damalige Lage Brandenburgs. Johann Sigismund hatte eben im Jahre 1611 die sichere Anwartschaft auf Preussen erhalten, Pommern, durch Erbverträge an Brandenburg gebunden, war dem Aussterben nahe. Nach Westen zu waren schon Erwerbungen gemacht oder durch Erbverträge vorbereitet, und nun sollte Johann Sigismund ein so reiches Land, welches vielleicht dermaleinst ein wichtiges Bindestück seiner Lande werden konnte, freiwillig aufgeben. Gegen eine Verbindung seiner Tochter mit dem so nahe verwandten und zugleich ebenfalls protestantischen Pfalzgrafen Wolfgang Wilhelm konnte er nichts einwenden, ja er ergriff diesen Vorschlag mit Freuden und war gern bereit, um denselben zu realisiren, Opfer aller Art zu bringen, aber er war nicht, wie man es am pfalzgräflichen Hofe wünschte und forderte, zu einem gänzlichen Aufgeben aller seiner Rechte und Ansprüche zu bewegen. So weit konnte sich die Gesandtschaft des Pfalzgrafen eines wirklichen Erfolges rühmen, dass Johann Sigismund einwilligte in die Verlobung und sich sogar bereit finden liess, dem Pfalzgrafen die Verwaltung und die Einkünfte des Brandenburgischen Antheiles an der Erbschaft auf Lebenszeit zuzusichern und ihm ausserdem bei der nothwendig eintreten müssenden Theilung der Lande eine besondere Vergünstigung versprach.

Mit diesem Bescheide kehrte die Gesandtschaft nach Neuburg zurück, wo man mit demselben allerdings nicht gänzlich zufrieden war. Gar viel hoffte man jetzt von einer persönlichen Zusammenkunft. Diese wurde denn auch im Jahre 1613 in Düsseldorf in's Werk gesetzt. Es versammelten sich hier der Kurfürst nebst Gemahlin und Tochter, sowie der junge Pfalzgraf nebst vielen Herren und Rittern aus ihren und den Jülich-

Cleve'schen Landen. Bei dieser Gelegenheit sollte die Verlobung geschehen, und demgemäss auch die Ehepacten festgesetzt werden. Beide Theile waren mit der Verlobung gänzlich einverstanden, aber bei Festsetzung der Mitgift gingen die Ansichten auseinander. Wolfgang Wilhelm bestand auf der Uebergabe des ganzen Landes, während Johann Sigismund bei den schon mitgetheilten Bedingungen stehen blieb. Endlich schien man einen Ausweg gefunden zu haben, da verdarb der Pfalzgraf in seiner Hitze wieder Alles. Bei einem gemeinschaftlichen Mittagsmahle kam unglücklicherweise die Rede auf die Mitgift. Die Köpfe waren vom Weine erhitzt, man sprach mit Heftigkeit und ganz so wie man es meinte. Wolfgang Wilhelm sagte, man müsse ihm schon aus Dankbarkeit eine reiche Mitgift zugestehen, da er Brandenburg zu Gefallen die Prinzessin zur Gemahlin nehme; der Kurfürst aber antwortete, dass er aus diesem Grunde nicht ein Dorf abtreten werde, denn ein Pfalzgraf und noch dazu ein Pfalzgraf von Neuburg könne sich Glück wünschen, auch ohne Heirathsgut die Tochter eines Kurfürsten zu erhalten. Diese Rede des Kurfürsten erwiederte Wolfgang Wilhelm in sehr harten und geradezu unziemlichen Worten. Da konnte sich der alte, an und für sich schon jähzornige und heftige, Kurfürst nicht länger halten. Nicht mehr Herr seiner selbst soll er wüthend von seinem Sitze aufgesprungen sein und dem Pfalzgrafen, im Angesichte der zahlreichen Gäste, eine derbe Ohrfeige gegeben haben.

„Kaum, sagt ein Geschichtsschreiber, hat wohl eine geringfügigere Veranlassung wichtigere Folgen gehabt; sie erstreckten sich auf das ganze Reichssystem bis in die spätesten Zeiten".

Selbstverständlich waren mit dieser That des Kurfürsten alle Unterhandlungen für immer abgebrochen. Der Pfalzgraf war gleich nach der That ausser sich vor Wuth aus dem Speisesaale geeilt, hatte seinem Gefolge befohlen aufzubrechen und war in seine Staaten zurückgeeilt. In ihm lebte jetzt nur das Gefühl der Scham und der Rache. Rache um jeden Preis war sein Loosungswort, und so liess er sich hinreissen zu einem Schritte, der für die Geschicke Deutschlands von der höchsten Bedeutung war. Für sich allein zu schwach, an dem mächtigen

Kurfürsten von Brandenburg Rache zu nehmen, konnte er natürlich auch keine Hülfe erlangen bei der Union und so blieb
ihm nichts weiter übrig als Hülfe zu suchen bei dem Feinde
der Union und seines Glaubens, bei der katholischen Liga.

Sofort nach der Rückkehr an den väterlichen Hof reiste
er daher zu seinem Verwandten, dem katholischen Herzoge
Maximilian von Baiern, dem Haupte der Liga. Um aber mit
dem Beistande des Herzog Maximilian sich auch im Nothfalle
die Unterstützung der Liga. sowie der ganzen katholischen Par-
tei und der Spanier in den Niederlanden zu verschaffen, trat
er selbst zur katholischen Kirche über. Dies geschah noch im
Jahre 1613. Zugleich aber hielt er an um die Hand der Prinzessin Magdalena, der Schwester des Herzog Maximilian.

Herr Bischof Raess, der natürlich solchen Beweggrund zum
Uebertritt nicht gelten lassen will, sondern meint, dass alle
Convertiten von nichts Anderem, als von den reinsten und edel-
sten Motiven geleitet worden seien, schreibt hierüber:

„So viel ist gewiss, dass im Jahre 1612 der Pfalzgraf
„Wolfgang Wilhelm auf· einem Besuche bei seinem katholischen
„Verwandten, Herzog Maximilian, in München zuerst im geheim-
„sten Vertrauen um die Hand seiner Schwester Magdalena gebe-
„ten, dass der strengkatholische Baier ihn auf die in der Reli-
„gionsverschiedenheit liegende Schwierigkeit aufmerksam gemacht
„und ihn aufgefordert, dieselbe zu beheben, wenn er sich durch
„Unterredung mit ihm und einem andern einsichtsvollen Katholi-
„schen von den Irrthümern der Religion, welcher er anhange und
„von der Wahrheit der katholischen überzeugen könne. Der
„Pfalzgraf nahm diese Einladung an, unterredete sich zu sieben
„verschiedenen Malen mit dem Herzoge und einem Edelmanne
„seiner Umgebung, wahrscheinlich einem Grafen Rechberg, und
„that endlich das Geständniss: „Es sei ihm aus diesen Unter-
„redungen klar geworden, dass die katholische Religion sehr
„einleuchtende Gründe für sich habe.“ Maximilian empfahl ihm
„nun, ausser den Werken der Kirchenväter, besonders die Schrif-
„ten des Pater Canisius zu lesen, um die Anfänge seiner Neigung
„zum Entschlusse auszubilden. Indessen blieb die Sache mit
„dem Schleier des tiefsten Geheimnisses bedeckt. Erst gegen
„Ende des Jahres 1612 machte der Pfalzgraf seinem Vater, dem

„eifrigen Lutheraner Philipp Ludwig zu Neuburg, seinen Wunsch,
„die bairische Prinzessin zu heirathen, bekannt, was dieser wegen
„der aus dieser Familienverbindung für sein Haus zu erwarten-
„den Vortheile sehr gern hörte, obwohl ihm freilich die Religi-
„onsverschiedenheit einiges Bedenken einflösste. „Höchste Einig-
„keit, bemerkte der alte Pfalzgraf, auch hinsichtlich des Glaubens,
„mache das Glück der Ehe aus. Indess sei doch Religionsver-
„schiedenheit der Ehegatten in Gottes Wort nicht verboten; ja
„die Prinzessin werde vielleicht zur lutherischen Kirche über-
„treten“. Aber während der Alte auf die Bekehrung seiner
„Schwiegertochter zur lutherischen Kirche rechnete, trat sein
„Sohn zu München am 14. Juli 1613 zur katholischen durch Ab-
„legung des tridentinischen Glaubensbekenntnisses über.“

So weit berichtet Herr Bischof Raess. Aus dem Nachfolgenden wird aber klar und deutlich hervorgehen, dass dem Herrn
Bischof in Betreff der Jahreszahl 1612 ein Irrthum begegnet
sein muss.

Im Vorhergehenden haben wir gesehen, dass am pfalzgräflichen Hofe zu Neuburg, um das ganze Land zu erlangen, der
Gedanke gereift war, eine Heirath zwischen Wolfgang Wilhelm
und Anna Sophie von Brandenburg zu Stande zu bringen und
demgemäss den Kurfürsten zu bewegen, zu Gunsten seiner Tochter auf das ganze Erbe Verzicht zu leisten. Diese Verhandlungen über die brandenburgische Heirath fanden nicht allein im
Jahre 1612 statt, sondern sie zogen sich auch noch bis ins Jahr
1613 hinein und sollten erst ihren Abschluss finden bei der
Zusammenkunft der beiden Fürsten, welche im Jahre 1613 zu
Düsseldorf stattfand.

Während also diese Verhandlungen mit Brandenburg, von
denen man sich am pfalzgräflichen Hofe ein günstiges Resultat
versprach, zumal die Kurfürstin Anna und ihre Tochter dafür
gewonnen waren, stattfanden, soll Wolfgang Wilhelm zu gleicher
Zeit mit seinem katholischen Vetter Maximilian wegen Verheirathung mit dessen Schwester unterhandelt haben. Wenn das
wahr sein könnte, so würde man einen Character wie den des
Wolfgang Wilhelm gar nicht begreifen können. Es würde dies
eine Treulosigkeit gegen den mitbesitzenden, durch Verwandtschaft und Glauben so eng verbundenen Kurfürsten gewesen

sein sonder Gleichen, aus der man nichts weiter herauslesen könnte, als das Verlangen die Herzogthümer um jeden Preis für sich allein zu erlangen. Wird das Jahr 1612 festgehalten, so ist das nur so zu erklären, dass hierdurch ein jeder Makel, welcher dem Wolfgang Wilhelm in Folge seines Uebertrittes etwa anhängen könnte, entfernt werden soll. Denn unserer Ansicht nach können Verhandlungen mit dem Herzoge Maximilian vor jener so unglücklich endenden Zusammenkunft in Düsseldorf gar nicht stattgefunden haben. Standen sich doch die beiden Höfe Neuburg und München trotz aller Verwandtschaft geradezu feindlich gegenüber, so dass von einem solchen intimen Verkehr, der zur Anknüpfung einer noch näheren Blutsverwandtschaft führen sollte, nicht wohl die Rede sein kann.

Waren denn nicht der alte Pfalzgraf Philipp Ludwig mit seinem reformirten Vetter, dem Kurfürsten von der Pfalz, die Häupter der Union von Ahausen, während Maximilian das Haupt der katholischen Liga war? Hatten denn nicht vor Kurzem erst die beiden seit 1294 getrennten Linien des Hauses Wittelsbach, die ältere, pfälzische und die jüngere, bairische, mit den Waffen in der Hand sich gegenübergestanden? War nicht eben erst mit Mühe und Noth ein Frieden zwischen der Union und der Liga zu Stande gekommen, ein Friede, der weil die alten Gegensätze gar nicht ausgetragen, sondern unerledigt geblieben waren, so recht den Namen eines faulen Friedens verdiente, ein Friede, der nur geschlossen war, weil man sich gegenseitig noch nicht stark genug fühlte, den Gegner zu vernichten? Und trotz aller dieser so bedeutenden Gegensätze soll schon im Jahre 1612 eine freundliche Annäherung zwischen Neuburg und München stattgefunden haben, während man zugleich mit Brandenburg unterhandelte. Man muss sich nur in die damalige Zeit versetzen und sich vergegenwärtigen den bis auf's Höchste geschraubten Hass zwischen Katholiken und Evangelischen, zwischen den Gliedern der Union und denen der Liga, und man wird keinen Augenblick in Zweifel sein können, die Angaben des Herrn Bischof Raess, dass Wolfgang Wilhelm schon im Jahre 1612 mit Maximilian von Baiern Unterhandlungen angeknüpft habe, zu verwerfen. Diese Unterhandlungen, welche zum Uebertritte des Pfalzgrafen führten, können gar nicht anders als erst nach der Düsseldorfer Zusammenkunft stattgefunden haben.

Der Uebertritt selbst geschah am 14. Juli 1613 und ihm folgte die Verlobung mit der bairischen Prinzessin, welche Wolfgang Wilhelm dann im November desselben Jahres heimführte. Natürlich wurde der Pfalzgraf von den Katholiken gedrängt seinen Uebertritt, welcher ganz im Geheimen geschehen war, der Welt schleunigst kund zu machen, aber Scheu und billige Rücksicht auf seinen alten, streng lutherischen Vater mögen ihn wohl bewogen haben, denselben so lange wie möglich zu verbergen.

Nach seiner Hochzeit hatte er sich mit seiner jungen Gemahlin in seine Residenz Düsseldorf begeben, und hier unter dem Schutze der spanischen Waffen und in Mitten einer zum Theil katholischen Bevölkerung legte er am 25. Mai 1614 das Bekenntniss zum Tridentinum noch einmal öffentlich ab. Kurz vor diesem Tage erfuhr erst sein Vater den schon im Geheimen geschehenen und nunmehr kund werden sollenden Uebertritt seines Sohnes, indem ihm Wolfgang Wilhelm in einem längeren Schreiben seine Gründe auseinandersetzte und mit der Hoffnung schloss: „dass Gott Ew. väterliche Liebe und meine „gnädigste geliebte Frau Mutter, auch freundlich liebe Brüder „und Schwestern, Vettern und Basen, auch andere Verwandte, „Zugethane und Untergebene, wenn sie sich nur in den Sachen „informiren lassen und der Wahrheit nicht wiedersetzen wollen, „durch seinen heiligen Geist zu gleicher Conversion werde mil-„diglich leiten und führen, und sie also dieser meinetwegen „gefassten, zeitlichen, ob Gott will, kurzen Betrübniss mit star-„kem und beharrlichem Troste in Contentirung und begründeter „Versicherung ihres Gewissens ehelang reichlich wieder werde „ergötzen."

So milde die Darstellung des Pfalzgrafen auch gewesen sein mochte, und wie sehr er auch seinen Schritt vor dem Vater zu entschuldigen suchte, die Bestürzung des alten Mannes, eines eifrigen Bekenners der lutherischen Lehre, war so gross, dass er voll Zorn und Entsetzen keine Worte zu finden wusste. Vergebens gingen Eilboten nach Düsseldorf, um den Sohn von dem feierlichen Uebertritte abzuhalten. So sehr nagte der Schmerz über den Abfall des Sohnes in der Brust des alten

Mannes, dass er sich nie darüber beruhigen konnte, bis ihn plötzlich am 12. August 1614 während des Mittagmahles ein Schlaganfall traf, in Folge dessen er, tief betrauert von seinen Unterthanen, noch an demselben Tage starb.*)

Kaum hatte Wolfgang Wilhelm seinen feierlichen Uebertritt in Düsseldorf erklärt, als er für seine Unterthanen in den Jülich-Cleve'schen Landen ein Edict ausgehen liess, dass er „wegen „desjenigen, so er gethan, keinen Religionszwang einführen, son-„dern die Gewissen derer, welche der Augsburgischen oder Refor-„mirten Confession zugethan seien, freilassen wollte." Leider ist er nicht allzulange bei diesem Vorsatze geblieben. Allerdings erklärte er, als er die Regierung seiner väterlichen Staaten antrat, durch ein öffentliches Patent, dass er den Lutheranern völlige Religionsfreiheit lassen wolle. Aber indem er die bisherige Ausschliessung des katholischen Kultus in den pfalzneuburgischen Landen aufhob und zugleich erklärte, „dass „es allen denjenigen Neuburgischen Unterthanen von der „Ritterschaft, dem Bürger- und Bauernstande, welche der „katholischen Religion noch zugethan seien oder doch Nei-„gung zu derselben hegten, solches aber zeither hätten ver-„heimlichen müssen, freistehen solle, ihren Glauben unbeirrt „zu bekennen und den katholischen Gottesdienst mit Messe, Pre-„digthören, Anstellung katholischer Schulen und Kinderlehren,

---

*) Wie betrübt Pfalzgraf Philipp Ludwig über den Uebertritt seines Sohnes war, zeigt uns am besten jenes Kirchengebet, welches er für die Erhaltung des wahren Glaubens und der reinen Lehre verfassen und sonntäglich in den Kirchen vorlesen liess. Herr Bischof Raess theilt aus demselben folgenden Abschnitt mit: „Gestatte nicht, o Herr, dass wir zu einer „Fabel werden bei dem Pöbel und zu einem Gespötte bei denen, die um „uns sind, damit die Götzendiener nicht sagen: Wo ist nun euer Gott? „Erbarm dich, o Herr, dieses Fürstenthums, in welchem viele Tausende von „Kindern leben, die durch das Sacrament der heiligen Taufe wiedergeboren, „theils den Unterschied des Rechten und Falschen noch nicht kennen, theils „nicht einmal die ersten Grundsätze des Christenthums inne haben und so „nothwendiger Weise die Beute der Wölfe werden müssen. Warum aber, „o Herr, stellst Du Dich als Fremdling in unsere Grenzen, dass Du kaum „über Nacht bleiben willst? Mache uns würdig, o Herr, dem zu entfliehen, „was in diesen letzten Zeiten wider alles Erwartens geschieht und noch „geschehen wird, damit wir stehen können vor dem Menchensohne,"

„Prozessionen und Kreuzgängen abzuwarten," wurde natürlich
dem Katholicismus in den Pfalz-Neuburgischen Landen Thor
und Thür geöffnet. Man muss nur bedenken, dass das Land
nur ein sehr kleines Stück von Deutschland war, so dass, wie man
es in den kleinen deutschen Fürstenthümern noch heute findet,
zwischen Fürst und Volk ein reger Verkehr stattfand, und der
Pfalzgraf allen seinen Unterthanen womöglich persönlich bekannt
war. Wenigstens den nicht allzu zahlreichen Adel seines Landes
sah er Jahr aus Jahr ein an seinem Hofe. Wie war es da zu
verwundern, wenn bald hier bald da einer zum Katholicismus
dem Fürsten zu Liebe oder aus persönlichem Vortheile übertrat! Hatte doch der Fürst selbst für treue Gehülfen bei der
Katholisirung seines Landes gesorgt. Mit ihm zogen in Neuburg
ein die Jesuiten. Er selbst hatte sich unmittelbar nach seinem
öffentlichen Uebertritte den Jesuiten Jacob Reyhing aus Augs-
burg zum Hofprediger erwählt. Dieser Mann wurde nun dazu
bestimmt, der Welt zu beweisen, welch edle Beweggründe den
Pfalzgrafen zum Uebertritte veranlasst hätten. Wolfgang Wilhelm soll nemlich die Gründe seiner Rückkehr in den Schooss
der katholischen Kirche selbst in zwölf Artikeln aufgesetzt haben,
wenigstens giebt uns Herr Bischof Raess diese zwölf Artikel unter
dem Namen des Pfalzgrafen. Diese seine Bekehrungsmotive,
welche, wie es scheinen will, eher von einem Jesuiten, als von
dem Pfalzgrafen abgefasst sind, wurden dem Hofprediger Reyhing übergeben mit dem Auftrage, dieselben weiter auszuführen.
Reyhing that dies auch, wie Bischof Raess meint, mit grossem
litterarischem Aufwande in einer reinen und kernhaften Sprache,
die sehr anziehend, doch gesucht und sogar oft prätentiös sei.
Das Buch des Hofpredigers ist geschrieben mit Zugrundelegung
der Stelle Offenbarung St. Johannis 21, V. 19 u. 20: „Und die
„Gründe der Mauern und der Stadt waren geschmückt mit aller-
„lei Edelsteinen. Der erste Grund war ein Jaspis, der andere
„ein Saphir, der dritte ein Chalcedonier, der vierte ein Smaragd,
„der fünfte ein Sardonyx, der sechste ein Sardis, der siebente
„ein Chrysolith, der achte ein Beryll, der neunte ein Topasier,
„der zehnte ein Chrysopas, der elfte ein Hyacinth, der zwölfte
„ein Amethyst." Reyhing giebt nemlich jedem seiner ebenfalls
zwölf Capitel den Namen eines der Edelsteine als Ueberschrift

und sucht nun nachzuweisen die Aehnlichkeit, ja Gleichheit des Edelsteines mit dem betreffenden Artikel des pfalzgräflichen Bekenntnisses. Dieses in der ganzen allegorischen Weise der damaligen Zeit abgefasste Buch erschien unter dem Titel: „Muri „Civitatis sanctae, hoc est: Religionis Catholicae fundamenta duo„decim, quibus princeps Wolfgangus Wilhelmus, comes Palatinus „Rheni, dux Bavariae, Juliae, Cliviae etc. in Civitatem Sanctam „h. e. ecclesiam Catholicam faustum pedem intulit. Disserta„tionibus totidem explicata a. R. D. Jacobo Reyhing J. J. Co„loniae 1615 in 4º.“ Gar bald wurde dieses Werk auch in die deutsche Sprache übersetzt und rief unzählige Gegenschriften hervor. Herr Bischof Raess. findet, dass man in Reyhing's Buche das vermisse, was man Salbung oder heiliges Feuer nenne, und giebt zugleich den Grund hierfür an. Jacob Reyhing gab nemlich schon im Jahre 1621 seine Stelle als Hofprediger in Neuburg auf, ging nach Würtemberg und trat, trotz aller Abreden seiner bish rigen Glaubens- und Ordensgenossen, zur evangelischen Kirche über. Natürlich darf man sich nicht wundern, dass von kathol scher Seite als einziger Grund zu diesem Uebertritte die Begierde zum ehelichen Leben angegeben wird.

Wenn auch Pfalzgraf Wolfgang Wilhelm versprochen hatte, die Gewissen seiner Unterthanen in keiner Weise zu beschweren, so war doch der Einfluss auf seine nächste Umgebung und dadurch auf sein Land, wie schon bemerkt ist, ein so grosser, dass es den Jesuiten gar bald gelang, die meisten Unterthanen, sei es mit Güte, sei es mit Gewalt, zum Katholicismus zurückzuführen. Die Duldung stand gewissermassen nur auf dem Papiere, wie auch jener Theil des erwähnten Patentes zeigt, in welchem der Pfalzgraf befahl, dass „zur Vermeidung alles Aergernisses, „und damit die Fischhändler und Fischer wegen Herbeischaffung „ihrer Waare sich darnach richten könnten, an den Festtagen „bei öffentlichen Gastmählern und in Wirthshäusern kein Fleisch „mehr gespeisst werden solle.“

Eine der ersten Früchte, welche der Uebertritt des Pfalzgrafen zeitigte, war wohl der Uebertritt seines eigenen Kanzlers, des schon einmal erwähnten Dr. Johann Zeschlin von Kalteneck, welcher schon im Jahre 1617 übertrat. Wie die meisten Convertiten der damaligen Zeit machte auch er die Welt durch ein ungeheures Werk mit diesem seinem Uebertritte bekannt, in welchem er sich gegen einen Unbekannten vertheidigt, der ihm wohl zu verstehen gegeben haben mochte, dass ihn nur weltliche Gründe zum Abschwören seines Glaubens gebracht hätten.

Fragen wir nun noch, zurückgehend auf die Veranlassung zum Uebertritte des Pfalzgrafen, welche Vortheile er dadurch für sich erlangt hat und wie es ihm gelungen ist, Rache zu nehmen für die Düsseldorfer Schmach, so können wir uns ziemlich kurz fassen, da ja die endgültige Entscheidung der Frage in eine viel spätere und ruhigere Zeit fällt.

Johann Sigismund von Brandenburg musste sich natürlich, als er vom Uebertritte des Pfalzgrafen hörte, gewärtig sein, dass nun die ganze katholische Welt über ihn herfallen würde. Daher sah er sich genöthigt, sich auch nach Bundesgenossen umzusehen. In dieser Zeit that er einen Schritt, der natürlich nicht verfehlte, ungeheures Aufsehen zu erregen. Obwohl er nemlich von Haus aus dem lutherischen Bekenntnisse angehörte, und sein Land das bedeutendste lutherische Territorium Deutschlands war, so trat er doch öffentlich zur reformirten Confession über. Sicher haben ihm, dem so ernsten Manne, die Lehren des strengeren Kalvinismus ebenso zugesagt, wie ihn die Zänkereien der damaligen Lutheraner anwiderten, und gewiss war er schon längst im Herzen aus innerster religiöser Ueberzeugung der reformirten Lehre zugethan. Aber es ist anzunehmen, dass, wenn eben nicht ein äusserer Anstoss ihn zum öffentlichen Bekenntnisse der reformirten Lehre getrieben hätte, er wohl seine Ueberzeugung für sich behalten hätte. Diesen Anstoss bildeten lediglich politische Gründe. Als er aber übergetreten war und in der Confessio fidei Johannis Sigismundi seinem Lande seinen Glaubenswechsel bekannt gemacht hatte, liess er sofort verkünden, dass ihm nichts ferner liege, als Jemanden zur reformirten Lehre zu zwingen. Trotzdem brachen, namentlich in Berlin und in Preussen, ernstliche Unruhen aus, welche aber schnell unterdrückt wurden. „Ich maasse mir, sagte Johann „Sigismund, keine Herrschaft über die Gewissen an, wie das „auch keiner Obrigkeit zukommt. Aber eben so wenig dürfen sich „auch die Unterthanen einfallen lassen, der Obrigkeit vorzuschrei- „ben, was sie ihrem Gewissen nach glauben und bekennen soll.“

Wie nun Wolfgang Wilhelm durch seinen Uebertritt die gesammte katholische Welt und besonders die Kräfte der Liga für sich gewonnen hatte, so gewann Johann Sigismund jetzt die Kräfte der Union und der Holländer. Die Union war, obwohl ihr auch lutherische Fürsten angehörten, doch im Wesentlichen durch ihr Haupt reformirt, und ebenso hingen die Holländer dem reformirten Bekenntnisse an. Beide sagten natürlich sofort ihre Hülfe zu. Die Union war schon halb gerüstet, und mit den damals kriegerischen Holländern war noch im Jahre 1613 ein Bündniss zu Stande gekommen. So waren wiederum die Schwerter aus der Scheide gerissen, und man stand vor dem Beginne eines vielleicht gewaltigen Krieges. Da legte sich der Erzbischof Ferdinand von Cöln, ein Bruder des Herzog Maximilian von Baiern, in's Mittel, um noch einmal den auch seinen Landen so nahe drohenden Kriegssturm zu besänftigen und womöglich abzuwehren. Auf seinen Betrieb kam in Wesel ein Convent zu Stande, welchen sowohl die beiden streitenden Fürsten, wie auch die Generalstaaten von Holland beschickten. „Aber," sagt ein alter Schriftsteller, „der Handel war schon so „weit gekommen, dass man nichts ausrichten konnte und alles „Tractiren umsonst war."

So mussten jetzt die Waffen entscheiden. Mit dem Beginne des Frühjahres 1614 eilte Spinola, der Führer der spanischen Truppen im heutigen Belgien, über die Grenze und besetzte einen grossen Theil des Landes für den Pfalzgrafen, und ebenso kam Graf Moritz von Nassau, zu welchem der Kurprinz Georg Wilhelm von Brandenburg mit 7000 Mann stiess, mit einem holländischen Heere in's Land. So besetzten Spanier und Holländer das schöne Land und bedrückten es auf alle Weise. Fortschritte machte der Krieg aber gar nicht, denn Spinola sowohl wie Moritz von Nassau zeigten gar keine Lust, sich mit den Waffen zu messen. Ja sie hielten, als sie sich bei Wesel eine Zeit lang gegenüber lagen, so gute Nachbarschaft mit einander, dass die Schildwachen sich gemüthlich unterhielten, und die Führer sich mit gegenseitigen Einladungen zu Gastmählern beehrten. Die Ursache dieses wunderbaren Benehmens der beiden Feldherrn müssen wir auf einem andern Gebiete der Geschichte suchen.

Bekanntlich hatte sich Holland nach langen Kämpfen von Spanien losgerissen, und eben erst im Jahre 1608 war zwischen den Generalstaaten und dem König Philipp III. von Spanien ein Waffenstillstand geschlossen worden. So trugen beide Feldherrn gerechtes Bedenken hier auf deutschem Boden bei einer Angelegenheit, die ihre Heimathländer nicht berührte, feindlich an einander zu gerathen, denn leicht hätten sie durch diesen Kampf die alten kaum begrabenen Streitigkeiten wieder aufgefrischt. Beide suchten eigentlich im Jülich-Cleve'schen Lande nur Privatinteressen. Spinola wenigstens wollte nur seine Truppen unter seinen Fahnen zusammenhalten, um sie bei der Hand zu haben, wenn der Krieg in Wirklichkeit beginnen sollte.

Das mussten auch bald die beiden streitenden Fürsten merken, und als sie, noch ehe Union und Liga ihre Rüstungen vollendet hatten, zu der Einsicht gekommen waren, dass die Spanier und Holländer nur den Ruin der streitigen Länder herbeiführten, gelang es fremden Mächten, besonders den Königen von Frankreich, England und Dänemark, dass beide Fürsten sich mit einander verglichen.

Noch im November 1614 kam zu Xanten ein Vergleich zu Stande, in welchem die Erbschaft unter Vorbehalt einer späteren Regulirung einstweilen so getheilt wurde, dass Brandenburg Cleve, Mark, Ravensberg und Ravenstein erhielt, während Jülich und Berg an Pfalz-Neuburg fiel. Mit diesem Vergleiche waren alle zufrieden, nur Spinola nicht. Es war ja klar, dass dieser Krieg, der auf solche Weise beseitigt war, über kurz oder lang doch wieder ausbrechen würde. Dazu kam, dass der dreissigjährige Krieg damals gewissermassen schon in der Luft lag, und so machte Spinola alle möglichen Ausflüchte, so dass es ihm gelang, seine Truppen im Lande zu behalten. Deshalb blieben auch die Holländer da, und so wurden die unglücklichen Lande mit hineingezogen in den furchtbaren Kriegssturm, der bald über Europa losbrach.